山猫小の生き証人

堀島 隆

東京図書出版

山猫小の生き証人

ときは昭和六〇年代。夕焼け空に吸いこまれるように白い校舎が建っていた。門扉には山猫小学校と刻まれている。校庭の砂場には、子どもたちの足あとが、たくさん残っていた。

「いよいよだなあ」

と、つぶやく校長先生の目には、安らぎの色が浮かんでいる。

三十八年にわたる教師生活が、あと数時間で終わろうとしているのだ。

ゆったりとしたソファーの背にもたれ、じっと目をつむってパイプをくわえている校長先生の足もとで、何かがうごめく気配がした。

びっくりして目を開けると、すぐ前を、黒いものがさっと走り抜けたかと思う間もなく、それは肩をかすめ、はげあがった校長先生の頭の上に飛び乗った。

そのすばやさに、手も足も出ない校長先生の頭の上で、

「おいらのこと、知ってるかい?」

という声がした。

といっても、その声は小鳥がさえずるような細くてかん高い妙な声なので、校長先生には意味が通じなかった。

頭の上にいる生きものが、奇妙な声を上げるのと、こそばゆいのとで、気持ちが悪くなった校長先生は、払いのけようと手を上げたが、遅すぎた。

すばしっこい頭の上の生きものは、校長先生の平手打ちにあう前に飛びのいて、足もとをチョロチョロと走り回っている。

日が沈み、西の空がネズミ色に変わったと思ったら、校長室までが薄暗くなった。校長先生は明かりをつけようと、立ち上がり、手探りで電源に手を伸ばそう

としたところ、ひんやりとしたゴムひものようなものが、手に触れた。

「ウヒャー」

校長先生は、すっとんきょうな声を上げた。

後ずさりする校長先生の耳に、さっきと同じ意味の分からない声が返ってきた。

校長先生は柱に取り付けられた電源に目をこらした。そこにはもはや、あの薄気味悪いひもは見当たらなかった。

思い切ってスイッチを押すと、校長先生は急に明るくなった部屋を、おそるおそる、見回した。

何事もなかったように静まり返っている部屋の床には、赤や黄、緑の原色で織られたペルシャじゅうたんが敷きつめられている。壁には額入りの賞状や記念写真が飾られ、らん間には、歴代の校長先生の引き伸ばし写真が並んでいる。

校舎の中では一番スペースが広い校長室だが、無駄な空間はまったくない。

数々の栄光につながる盾や優勝旗などがその空間をにぎやかに埋めていた。

アザラシのようにでっぷりと太った体を、コの字型に並べられた接客机の下にくぐらせてみたものの、何も見当たらない。

「気のせいかなあ」

校長先生は独り言を言うと、また、ソファーにふん反り返った。長年の習慣で、ソファーに座るとすぐ眠くなる校長先生は、さっきの奇妙な出来事などすっかり忘れて、しばらく、うつらうつらしていた。

校長先生が再び目をさましたとき、校長室は、さっきの様子とはまるで大違い。壁から天井にかけて、黒くて真ん丸いものが、水玉模様のように点々と群れ広がっているのだ。

こんもりと盛り上がった楕円形の黒いものは、よく見ると、小刻みにヒクヒクと動いている。

その黒いものから放たれる米粒ほどの鋭い光は、蛍光灯に照らし出された校長先生の白い顔に注がれていた。

黒くて真ん丸いものがネズミであることに気づくのに、大して、時間はかからなかった。

「こりゃ、一体、どういうこっちゃ？」

クルクルと目を回す校長先生は、もう、びっくり箱のからくり人形だ。

「校長先生、そんなに驚かなくたって……」

天井のど真ん中に張りついていたネズミが蛍光灯のひもを伝って、スルスルと机の上におりてきた。

体長が三十センチの上はありそうな、巨大ネズミだ。長いしっぽを自慢げにピンと伸ばし、口ひげをはやしたネズミは、

「改めて、校長先生のご退職をお祝い申し上げます。この度は、誠におめでとう

ございます……」

と、左手を胸にあて、右手を足もとに流し頭を深く下げた。

うぶ毛のはえた薄紅色のやわらかい手のひらが、初々しい。

「い、い、いったい、君は何者だ！」

および腰の校長先生のソファーが、ズルッと後ろにずり下がった。

「おいら、校長先生のこと、よーく知ってるんだ」

人間がするように、巨大ネズミは、お、い、ら、こ、う、ち、ょ、う、せ、ん、せ、い、の……と、口を横に広げたり、丸くすぼめたりして、話しかけてくるのだ。

「おおーい、だれかおらんのか！」

ソファーからずり落ち、腰をぬかしたままの校長先生は大声をあげた。

ときは、もう夕方の七時だ。春三月といっても、山猫小学校は高台にあるので、隙間風がよく通り、寒々としている。それでも、半分以上の先生たちが、雑務を抱えて夜遅くまで職員室で仕事をしていた。

「何事でしょうか。校長先生？」

すっ飛んで来たのは、お世辞にかけては一番の、木下先生だ。

木下先生は話し上手で、初対面の人にはやさしくてにこやかな印象を与えた。でも、子どものことで何かやっかいな問題が起こると、必ずといっていいほど、生返事で話題をそらし、いつのまにか、姿を消してしまう。そのくせ、校長先生の前では体よく対応するのだ。

校長室に飛び込んできたとき、もともと、ど近眼で視野のせまい木下先生には、尻もちをついた校長先生の姿しか見えなかった。

校長先生の引きつった手の指が、コンパスを回すように、クルクルと振られる先を目で追っても、木下先生はネズミの大群には気づかなかった。

「校長先生、どうなさったんですか？」

木下先生は無神経に、同じ質問を重ねた。

「どうもこうもない。もう、よい。下がれ。ほかの者を呼んでくれ！」

何がなんだか分からないうちに、退去を命じられ、キョトンとしている木下先生のズボンの片すそを、子ネズミが引っ張った。

木下先生はずり下がったすそに足をとられ転げそうになりながら、

「は、はあー」

と、恐縮しながら、頭を下げ、そそくさと出ていった。

次にやってきたのは、「古だぬき」こと、大山先生だ。

大山先生は校長先生とは同じ年なのに、どういう事情によるのかだれも知らないが、いまだに何の役にもついていない。大抵の場合、ライバル意識をもつところだが、校長先生の前では、頭を低くしている。もしかしたら、家族が五人もいるから保身に余念がないのかもしれなかった。

年の功とはこのことをさすのか、大山先生は竹刀を持って、校長室に現れた。

校長先生がネズミの大群にとり囲まれ腰をぬかしている状況を、すぐに、見抜いたようだ。

天井や壁に張りついたネズミの大群に目を走らせながらも、大山先生はすぐに竹刀を振り上げるような、軽率な行動は取らなかった。

「校長さん、どうしたもんでしょうな？」

うやうやしくお伺いをたてる大山先生の黒い目は、たぬきの目のようにすわっていた。

「どうもこうもない。その机の上のネズミをなんとかしてくれんかね、君」

と言う校長先生の声は、上ずっていた。

「大きなネズミと申しますと……」

わざとじらしながら、大山先生は机の上に目を落とした。

いつのまにか、巨大ネズミを真ん中に、十四の、これまた見事な体格をした大ネズミが机の上であぐらをかき、スクラムを組んでいるのだ。一瞬、ギョッとしたが、大山先生は落ち着きはらったふりをし、

「校長さん、そう心配することはないですよ。これは単なるネズミのデモンストレーション。最後の記念に、お祝いしてくれているんですよ。どうも、わたしの出る幕じゃなさそうですな」

と言うと、いかにも他人ごとのように、腰を抜かしている校長先生を冷たく見据えた。

巨大ネズミには、大山先生の言い草が気に入らなかった。大山先生にとっては、きょうが最後の校長先生にはもう、用がないのだ。だからといって、日ごろの丁重さに比べると、手のひらを返したようにすげない態度をとる大山先生の変わり

身の早さには、胸がムカムカするのだ。

巨大ネズミを先頭に、大ネズミの一群は、一斉に、机の上でジャンプしたかと思うと、大山先生の竹刀に取り付いた。

重さ一キロはありそうな大ネズミが、十匹もしがみついたのでは、いくら剣道でならした太腕といっても、竹刀をもちこたえられるはずがない。

竹刀を取り落とした大山先生は、ばつが悪そうに、すごすごと校長室から逃げ出した。

「どいつもこいつも……」

校長先生は怒ったときによく見せる三白眼の苦みばしった顔を、さらにゆがめ、ゆっくりと立ち上がろうとした。

「校長先生、校長先生！」

立ち上がりがけに、足もとにいた子ネズミがズボンのすそに取り付き、何かをねだるように身をよじった。

　薄気味悪くて、払いのけたいのは山々のはずなのに、メダカの卵のようにつぶらなひとみで見上げる子ネズミに、心を動かされたのだろうか。校長先生は振りほどこうとはせず、子ネズミをそっとつまんで、机の上に乗せた。

　ふと見ると、机の上には、さっきの巨大ネズミの一群が、行儀よく正座しているではないか。赤いハチマキの巨大ネズミは、チュー公。チュー公の奥さんのメリーは、赤いタスキをかけている。長男を頭に、合わせて八匹の息子たちは、みんな、チュー公と同じ赤いハチマキを着けていた。

「校長先生、きょうがこの学校とお別れの先生が、もう一人いるのを、知ってるかい？」

　ネズミの大群のかしらにあたる巨大ネズミのチュー公が、また、例のように、口を左右に押し開き、舌をからめた。

ネズミが何か伝えようとしていることは、校長先生にも分かるらしいのだが、今まで動物にはとんと関心のなかった校長先生だ。ましてや、ネズミといえば、人間にとって百害あって一利なしの嫌われもの。そのネズミの呼びかけにお手上げなのは、無理もない。

目を白黒させるばかりで、でくのぼうのように突っ立っている校長先生が、ネズミたちにはじれったくてしかたなかった。

しびれをきらした巨大ネズミ軍団は、ドスーン、ドスーン、ドスーンと、けたたましい音をたてながら、続けざまに、一匹、二匹、三匹と、床に下りたかと思うと、色とりどりの唐草模様のじゅうたんの周りを、グルグルと走り始めた。

一キロの上はありそうな巨大ネズミの軍団が、汗を散らし、赤ハチマキをヒラヒラさせながら、めまぐるしく駆けずり回るのだから校長室はてんやわんやの大騒ぎだ。

続けざまに聞こえてくる物音に驚いた先生たちは、何事が起こったのかと、バタバタとスリッパの音をたてながら、校長室に駆けつけてきた。

「まあ、なんてこと！」

左右の手のひらを逆八にして前に突き出し、ヒステリックな声をあげるのは、ど近眼のおばさん先生だ。

「キャー！」

続いて、ワンピースの腰リボンを後ろでちょうちょうに結んだ若い女の先生が、悲鳴をあげた。

「こりゃ、一体、どういうこっちゃ」

鼻息荒く、ドタバタと走り回るチュー公軍団に、度胆を抜かれて目を回したのは、日ごろ、子どもたちににらみをきかせている「赤信号」こと、生活指導の大熊先生だ。ほかの先生たちも、巨大ネズミ軍団のデモンストレーションに、開いた口がふさがらない。

「こんなにぎょうさん、どこに住みついていたんでしょうなあ。校舎の衛生には十分、気をつけとったはずなんですがねぇ」

校舎の管理担当の「言い訳マン」こと、猿川先生は、びっくりするよりも、責任をどこかに押しつけようと、弁解した。

「こりゃー、ネズミの逆襲だぞー」

「確か、地下の倉庫にネコいらずがあったはずだが……」

「でも、これだけのネズミを一気にやるにはどうも……」

腕を組み、突っ立ったままぶつぶつ言うばかりで、一向に動こうとしないのは、若い男の先生たちだ。

「校長さん、どうしたもんでしょうなあ？」

でっぷりと太った校長先生に比べ、背が低く手足の短い貧相な体格をした教頭先生が、おそるおそる校長先生の顔色をうかがった。

教頭先生は自分に自信がないのか、校長先生の指示がないと、進んで動こうとしない。それなのに、ほかの先生たちの前では、いばり散らすので、だれも教頭先生の言うことを聞かなかった。

「こりゃー、ただのネズミじゃないぞー。何か訳がありそうだ。ちょっと待て」

ネズミのドタバタ劇を、あっけにとられて眺めていた先生たちは、校長先生の上ずった声に吸い寄せられた。

「何か話しかけておるんは、よー分かるが、何をしゃべっとるんか、さっぱり、分からんのじゃ。だれか、ネズミのことばが分かる者はおらんのか？」

いつもはおだやかな口調で、ことば巧みに子どもたちの心にゆさぶりをかける、話術にたけた校長先生が、神妙な顔をして、ネズミの動きに振り回され、動揺しているのだ。

三重の輪になって、窮屈そうに並んでいる先生たちの後ろの方では、

「きょうが最後なもんだから、気がゆるんでここがおかしくなったんやないか」

と、頭を指差し、ひそひそ話をする声が聞こえてきた。

校長先生の手前、「そうだ、そうだ」と、相づちも打てず、聞こえぬふりをして、先生たちは腕を組んだまま、ネズミたちの動きに注目していた。

校長先生を始め、先生たちはチュー公たちのデモンストレーションに引っかかったのだ。

じゅうたんの上を走り回っていた巨大ネズミ軍団は、まずは成功とみて、先頭を行くチュー公が、赤ハチマキを取ったのを合図に足を止めた。

子ネズミたちはもとの位置に、巨大ネズミたちはそろってつま先立つと、ポーンと机の上に飛び乗った。実に訓練が行き届いている。

巨大ネズミ十四匹が机の上に総立ちし、一列に並び終わったところで、どこに隠

してあったのか、チュー公たちは、白い布でできた巻き物をささっと広げた。

白い巻き物には、「山猫小の十年を振り返る会」と書かれてあった。

「ウヘェー」

先生たちの輪から、どよめきが起こった。巻き物は、十匹のネズミたちが支えている。薄紅色のもみじのような手を伸ばし、片手でしなをつくってみせるネズミたちの気取ったポーズが滑稽で、思わず苦笑する先生たち。

その目は、白い巻き物とネズミたちの仕草に釘づけだった。ネズミを見ただけで背筋が寒くなると、大げさに身震いしてみせた若い女の先生たちも、今はネズミの演技に夢中だ。

巻き物をクルックルッと巻いて、机の下にしまった後は、紙芝居の登場だ。

巨大ネズミの二、三倍はありそうな大きな厚紙でできた紙芝居のトップに、「だれも知らない山猫小十年の歩み」と、タイトルが書かれていた。

紙芝居を繰るのは、チュー公の奥さん、メリーの役目で、残りの息子たちは外枠を支えていた。

「さあさ、お待ちかね。とびきりなつかしい山猫小の移り変わりをご紹介しましょう。最後までごゆっくり、ご覧ください」

紙芝居の脇から、突然、声が上がったのでみんなはびっくりした。

その声は、細くてかん高いネズミの声にそっくりだった。よく見ると、声が上がった紙芝居のそでに、チュー公がいた。チュー公は、超小型のラジカセを操作しているのだ。

「ふふーん、なるほど……。ネズミもなかなかやるなあ」

趣向をこらしたネズミの、にくいばかりの演出に、校長先生はさっきから感心のしどおしだ。

一枚抜かれて、最初の場面は桜花のトンネルだった。

正門から校舎に続く長い桜の並木道は、空一面を埋め尽くすように、桜花が見事に咲き乱れ、丸いトンネルをつくっていた。桜花のトンネルをくぐっているのは、お母さんに手を引かれ希望と不安が混じった神妙な顔をした新入生たちだ。緑色のスーツを着た女の先生が、赤いほっぺの女の子と手をつないで歩いているのも見える。

「あの緑色のスーツの先生は、一体、だれでしょう?」

紙芝居のテープから、なぞなぞが飛び出そうとは、だれも想像していなかったので、みんなは、プッと吹き出した。が、すぐにシーンと静まり返った。だれにも、答えが分からないからだ。

期待していた答えが出なかったからかどうかは分からないが、チュー公は紙芝居の前に、しゃしゃり出た。そして、目の前で腰をおろしている先生たちの顔を、一人ひとり観察して回った。

チュー公は先生たちの前を行ったり来たりしていたが、そのうちあきらめて、とうとう舞台のそでに戻ってしまった。もしかしたら先生のだれかを捜していたのかもしれなかった。でも、みんなはチュー公がだれを捜していたのか、気にも留めていなかった。

次は、世にもめずらしいバッテリー校舎の場面だ。形が自動車のバッテリーに似ているので、伝統的にそう呼ばれているのだが、その校舎のしくみは至って複雑だった。

田という漢字を二つ合わせたような形をした木造二階建てのバッテリー校舎は、ユニットごとに通用口があり、同じ階にあっても、ユニットが違うと隣の教室といえども、仕切られた壁のため自由に往来ができなかった。隣の教室へは、一旦、片方のユニットの校舎を出てからでないと入れないので、とても、不便な校舎だった。

新校舎の完成と同時に、取り壊されてしまったのだが、チュー公にとっては、とてもなつかしい校舎なのだ。そのバッテリー校舎の一階の教室が、次の舞台だった。

たくさんの木机が、窮屈そうに並んでいる教室の窓際に、机が三つ、四つ、大写しに描かれていた。机の中には、ピッカピカのグローブが入っている。

「このグローブをぬすんだのは、だれでしょう？」

それが二つ目の質問だ。

先生たちの好奇心に満ちた目は、グローブの入っている机に一番近い、西側の窓に集中した。

そこには、ネコの目のように光る二つの目が、描かれていたのだ。

「ううーん……」

先生たちはそろって、首をかしげた。

「一体、だれだろう……？　おやっ？」

先生の一人が、何かに気づいたようだ。

二つの目とグローブの間に、棒のようなものが、うっすらと描かれているのだ。

「何だろう、あれは？」

「どれどれ」

その棒のようなものに、先生たちの視線が寄せられたが、答えは結局、出なかった。またもや、チュー公の登場だ。

「この答えは、目がふしあなの者には、分からんのです」

テープの声を借りて、チュー公はズケズケと言った。

「でも、おいらたち、知ってるんだよなあ」

チュー公は枠を支え、紙芝居を繰っているメリーや息子たちに、視線を飛ばした。相づちを打ちながら、どの顔も、勝ち誇ったように、鼻をツンと上に向けた。

「先生方は、隣の山猫中が荒れたころのことを知っていますか。あのころ、中学生とつるんでいた山猫小の悪童たちの陰に隠れて、目立たなかったほかの子たちの中にも、心の病気を持った者が、結構、いたんだ。おいらたち、先生たちが知らない山猫小のこと、何でも知ってるんだー。その訳を、今からお話ししまーす」

そこで、紙芝居はしばらく、一休みだ。

チュー公を中心に、十四の大ネズミたちは紙芝居の前に一列に並び、腰に手を当てた。

「おいらたち、この山猫小に、もう、十年も住みついているんだー」

テープの声に合わせ、チュー公たちは片足に力をこめ、ドターンとしこを踏んだ。

その後、テープの一人芝居で、チュー公たちの活躍ぶりが伝えられたのだった。

今から十年くらい前、引っ越し荷物に紛れて、トラックに乗せられてしまったチュー公は、途中で振り落とされて、この山猫小にたどり着いた。

学校は食べ物の宝庫だった。給食の残さいはもちろん、先生たちの目を盗んで、子どもたちが家からこっそり持ってきた、菓子パンやクッキーの食べ残しが、ゴミ箱や下水溝に、ごろごろ転がっていた。

むさぼるように食い荒らすうち、これまたどこからか流れこんできたメリーと仲良しになり、子どもがつぎつぎに生まれ、今では、百十匹ほどの大家族になった。

チュー公が友だちになったのは、メリーだけではなかった。先生たちに目を向けてもらえないさみしさから、トイレにたむろするようになった落ちこぼれの悪童たちだ。

悪童たちは、担任の先生の前では、一応、普通の子と変わらず、静かにしているのだが、放課後や学校の外では、人一倍、わがままで、乱暴だった。陰でこそこそ弱い者いじめするようなことはないけれど、虫のいどころが悪いと、すぐ手を出すのだ。

トイレや下水溝をはい回るチュー公の子どもや孫たちは、それはひどい目に遭わされた。チューチューの鳴き声がうるさいからというのでガムテープを噛まされたり、ちょろちょろと動き回るのでうっとうしいというのが理由で、しっぽを切られたりするなど、被害が続出した。チュー公は思い余って、悪童たちに逆襲したのだ。

チュー公が狙ったのは、悪童たちのボスであるグー太郎だった。家からこっそり持ってきたチョコレートをつまみ、トイレに駆け込んだところを襲ったのだ。

チュー公軍団は主要メンバーの陰で待機していたネズミたちを含めて百匹はいただろうか。下水溝の中から次々と飛び出しては、所かまわず食らいついて、グー太郎らを襲撃した。

グー太郎はぐうの音を上げた。そして、チュー公軍団の前で土下座したのだった。

「おい、グー太郎！　許してやる代わりに、乱暴を止めるか？」

「ハハハーッ。今後一切乱暴はいたしません。どうかお許しを」

小便臭いトイレの床に、頭を押し付けて、グー太郎は約束したのだ。悪童のボスがチュー公たちの前で誓ったのだから、ほかは言わずと知れたものだった。その日のうちに、チュー公一家をひどい目に遭わせたことを詫びて、チュー公たちの仲間になった。

その後、給食の残りをチュー公たちに運んでくれたのは、普通の良い子たちでなく、この悪童たちだった。

悪童たちが乱暴をやめ、学校が落ち着きを取り戻したころに、グローブ盗難事件が起こったのだ。

グローブを盗まれた吉ちゃんは、担任の淳子先生に申し出た。吉ちゃんは買ってもらったばかりのピカピカのグローブを盗まれて、今にも泣き出しそうに顔をゆがめた。そんな吉ちゃんが気の毒で、淳子先生はすぐにグローブ捜しを始めた。教室の中、バッテリー校舎の周り、自転車置き場など、まるでどぶさらいをするように隈なく捜し回ったが、とうとう見つからなかった。

子どもたちを疑うのが大嫌いな淳子先生は、なるべくほかの子たちにはそっとしておきたいと考えた。でも、一週間後、吉ちゃんのほかにもグローブがなくなったという子が出てきたので、秘密にしておくわけにはいかなくなった。

そこで淳子先生は学級のみんなの前で、グローブがなくなったことを説明し、一人ひとりに様子を尋ね、心当たりがないか、聞いて回った。その結果、学級のみんなが朝礼で運動場に出ている間になくなったことが分かった。

いつもは明るく元気な吉ちゃんたちが、グローブを盗まれ打ち沈んでいるのを心配する学級のみんなのためにも、淳子先生はほかの先生たちに、思い切って正直に打ち明け、力を借りることにした。

ところが結果はまるでむなしいものだった。

「どうせ、あの悪童たちのしわざだろ」

と、どの先生も一方的に決めつけるだけで淳子先生の願いを、本気で受け止めようとしないのだ。

「淳子先生、まさか、あの子たちに事情を聞いてみるつもりじゃ、ないでしょうねぇ。でも、聞いたって無駄ですよ。どうせ、ごまかされるだけですから」

嫌味を言うのはまだ、いい方で、先生たちのほとんどは、最近、急におとなしくなった悪童たちを頭から信用していなかった。

でも、淳子先生は初めから、悪童たちを疑っていなかった。というのは、悪童たちは乱暴で口が悪く、淳子先生のことを、ばばあ呼ばわりするが、陰でこそこそ、物を盗むことは、今までに一度もなかったからだ。

「かれらじゃないって言うんだったら、先生の学級でなくなったんだから、まず、自分の学級の子どもたちをよーく、調べてみることですなあ」

と、赤信号こと、生活指導の大熊先生は、まるで他人ごとのように突き放し、動こうともしなかった。

その冷たい目は、盗みをするような子どもを育てているのは、淳子先生、あなたですよといわんばかりだった。

胸をチクチクとさす先生たちの言い草に、すっかりしょげこんだ淳子先生が気の毒で、チュー公はさっそく、捜索隊を繰り出した。

捜索隊は、床の下といわず、天井裏といわず、人間がもぐりこめない壁の穴や下水溝までくまなく、捜し回った。

そして、とうとう、発見したのだ。

グローブは、先生たちがよく使う指示棒がわりの竹刀の先に引っかけられた状態で、放送室前に積まれた、古新聞の山の奥から出てきたのだ。

テープが事件のいきさつを、ひとり語りしている間、ずーっと額に玉の汗を浮かべ、考え込んでいる先生がいた。それは珠洲村《すずむら》先生だった。

珠洲村先生は思慮深く、口数が少ないので何か問題が起こっても、自分の胸に留めておくだけで、決して表ざたにはしなかった。若いのに白髪が多いのは、そのせいかもしれなかった。

珠洲村学級では、その年の新学期に入ってから、小さな盗難事件が続発していた。起こるのはいつも、月曜日の朝。朝礼でみんなが運動場に出るので、教室はからっぽだった。

目に見えない悪意が気になってしかたないのだが、学級内のことなので、だれにも打ち明けられず、珠洲村先生はひとりで頭を悩ませていたのだ。

珠洲村先生はまず、悪童たちのしわざかなとにらんだ。悪童たちは珠洲村先生のことを、じじぃと呼んでいた。いつも首をかしげ、暗い顔をして歩いているからだ。校内でおもちゃのピストルを鳴らしても、先生は聞こえないふりをして、通りすぎるのだ。

悪童たちが本気で相手にするのは、どんな子にも真正面から向き合ってくれる先生たちだ。相手に温かい血が流れているのをかぎとると、たちまち寄ってきて、憎まれ口を叩きながらも、話のきっかけをつくろうとする。だから、珠洲村先生のように、何か冷たくて暗い雰囲気がにおってくるような先生には関心を示さないのだ。

珠洲村先生は首を横に振った。第一、悪童たちの登校時間は遅く、朝礼に間に合うことは、ほとんどなかったからだ。

朝礼の間に校舎に出入りできるのは、一体だれなのか……そう思ったとき、珠洲村先生の頭に、ひとりの男の子の顔が浮かんだ。それは優くんだった。放送委員の優くんは機械の操作に強いのを見込まれて、朝礼の時は放送室で器具の操作をする仕事を、全面的に任されていた。

朝礼の最中は動けないにしても、ほかの子どもたちが追ったてられるように運動場に出るのに比べ、優くんは同じ校舎の一角にある放送室に移動するだけですむ。だから教室がからっぽになってからでも、十分間に合うのだ。

状況から見て、事件にもっとも近いところにいるのは優くんだが、珠洲村先生には優くんに問うてみる自信がなかった。優くんは名前こそ優秀の優だが、小さいときから、優等生のお兄ちゃんと比較されながら育てられたため、心がゆがんでいた。

その優くんが、証拠もないのに先生に疑われたと知ったら、どんな行動に出るか、考えただけでもこわいのだ。それに、もし、優くんがやったとしても、おそらく、本当のことは話さないだろうと、諦めていた。

珠洲村先生は優くんの行動が気になったが、なんの手も打たず、そしらぬ顔を続けた。被害にあった子どもたちには、自分のものは自分で守るように気をつけなさいと、注意を呼びかけたが、その後も小さな盗難事件は止まなかった。

ところが、どうだろう。チュー公が淳子先生の学級のグローブが、放送室前の古新聞の山の奥から出てきたと、まくしたてるのだ。そればかりか、指示棒がわりの竹刀に引っかけられた状態で、出てきたと言う。

珠洲村先生は、放送室と聞いただけで、優くんのことがすっと頭に浮かんだ。竹刀でつくった指示棒にも、しっかり見覚えがあった。

珠洲村先生は地図や年表をさすのに、どうしても指示棒がいるので、使い古しの竹刀を剣道クラブの大山先生に分けてもらい、がんじょうな指示棒をこしらえた。

竹刀仕立ての指示棒は、振ると、バシッとさびのきいたいい音を出すばかりか、よくしなって、とても使い心地がよいのだ。その手触りのよさを楽しみながら、しばらく使っていたが、いつだったか、それが行方不明になってしまった。

変だなあと思いながらも、それほど気に留めていなかった。たくさんの教具をかかえ、何回も教室を往復していると、うっかりどこかに置き忘れてくることもあるのだ。

「えっ！　まさか……」

と、珠洲村先生にしてはめずらしく、大きな声をあげた。

机の前にいたほかの先生たちは、後ろの方から、突然上がった大声にびっくりして、一斉に珠洲村先生の方を振り向いた。

「そう、その通りなんだ」

チュー公たちは、両手でつくったラッパを口もとにあて、珠洲村先生の無意識の悲鳴に答えた。

一瞬、ちぐはぐな空気が流れた。その声は、テープのネズミの声に似ているが、ずっとテープを聞いていた先生たちには、テープの声とは明らかに違う、生の声であるように感じられた。

さらに不思議なのは、その声はテープからではなく、紙芝居の台がわりになっている白布におおわれた机の下から聞こえてくるのだ。一体、どういうことなのか……。

当然、先生たちの目は、珠洲村先生からチュー公たちへ、そして、机の下へと移動した。

先生たちの好奇の目が集まった机の下からスカートのすそがのぞいたかと思うと、なんと淳子先生がノソノソと這い出してきた。

「まあ！」

先生たちはびっくり仰天し、目を丸くした。

「すみません。お騒がせして」

淳子先生はピョコンと頭を下げ、みんなの前で詫びた。

先生たちが校長室に集まって来たとき、どさくさに紛れて、机の下にもぐりこんだのだ。

「実はチュー公に通訳を頼まれて……」

「ええっ！　ネズミのことばの通訳？」

「ええ、まあ……。テープの声もみーんな、わたしが吹き込んだんです。みなさんを驚かせてしまって……。ほんとに、すみません」

頭をかきかき、詫びを入れる淳子先生に、「何もあやまったり、弁解したりしなくったっていいさ」とでも言いたそうに、チュー公は口をふさぎ、手を左右に振った。

淳子先生はチュー公の仕草を真似てみせながら、「チュー公が、何も説明しなくったっていいよと、言ってるんです」と付け加えた。

先生たちには、なぜ、淳子先生がチュー公と友だちで、彼らと会話までできるのか、分からなかった。それもそのはずだ。山猫小学校には、淳子先生と同じ十年選手の先生がいないからだ……。いや待て、実は一人だけいた。校長先生だ。

「そうか、そうか。君たちはお互いに、山猫小の十年選手なんだ。だから、山猫小のことならなんでも知ってる仲なんだ。それで分かった」

校長先生に思い出してもらったのがうれしいのか、チュー公は胸をドーンとたたき、ピーンと鼻ひげを鳴らせてみせた。

「その通りなんだ。エッヘン！」

チュー公の動作に合わせて、淳子先生が裏声で通訳した。

その後も、ずーっと淳子先生の裏声で、ドラマは続けられた。

「淳子先生はね。おいらたちと、ずっとずっと友だちなんだ」

心なしか、照れくさそうに聞こえる淳子先生の裏声で、一列に並んでいた大ネズミたちは互いに手を取り合い、淳子先生に目くばせすると、ラインダンスを始めた。

ゴムひものようなしっぽを振りあげ、薄紅色の足の裏を一直線に並べたかと思うと、赤みがかった光の帯が、さっと輪を描いて消えた。そうこうしているうちに、また、赤い光の帯が現れて、大ネズミたちは見事なショーを演じ切った。

先生たちは、ネズミといえば、壁に穴を開け、台所の食料をあさり、チョロチョロと走り回る厄介な動物とばかり信じ込んでいた。でも、器用で人なつっこいチュー公たちのラインダンスに、すっかり目を奪われ、その手のひらに乗せられてしまったのだ。

「おいらたちも淳子先生も、みなさんからみれば、根無し草のよそ者なんだ」

と、チュー公は一旦、足を止め窓の外を指差した。

戸外はとっぷりと日が暮れ、高台のふもとでは、夜の海が息をひそめて、静かに波打っていた。

引っ越し荷物に紛れ込み、トラックに乗せられる前、チュー公は九州の田舎にいた。淳子先生のふるさとも、同じ九州なのだ。九州といっても、東京に恥じないくらいの大都会もあれば、山や畑しかない田舎もある。

淳子先生の実家は、由緒ある城下町にあり、志ある若者たちは、長男であろうと次男であろうと、男であろうと女であろうと、みんな広い世界を求めてよその土地に働きに出る進取の気風があった。

親や町の人に頼らず、自分の力を試してみようと、淳子先生は遠路はるばるまるきり無縁のこの町にやってきたのだ。

山猫小のあるこの町は大都会と隣り合わせで、下請けの小さな工場がたくさん立ち並ぶ下町だが、もともとは農村地帯だったので、人々の考え方も古かった。だから、九州と言えば、今でも、多くの若者たちが仕事を求め都会に出ていく、貧しく遅れた地方と信じ込んでいる人たちが多く、よそ者にとっては住みにくい土地だった。

山猫小に赴任したころ、淳子先生はよそ者を受け付けない空気がある町であることを、いやというほど知らされた。例えばこんな事件に遭ったことがある。

その日は市内小中学校陸上競技大会が市営グラウンドで開催されていた。選手に選ばれた一部を除いて、ほとんどの子どもたちが、学校に残留した。百名近い残留の子どもたちの監督の役が、まだ経験の浅い淳子先生に回ってきた。他の先生たちはこぞって大会に出かけた。

淳子先生はたった独りきりで学校を守るのは不安だった。しかし役目を負った以上、責任を果たさねばと、一日のスケジュールを綿密に立て、その日を迎えた。

朝から昼まで運動場の石拾い。それが終わると、次は運動場を囲む土手の草刈りだった。残暑厳しい中での石拾いや草刈りは、子どもらには荷が重かった。

「何でこんなことせんといかんの。選手の方がましや」

ぶつぶつ文句を言うのは、選手になれた子らをうらやむ運動が苦手な子どもらだった。

石拾いから土手の草刈りに移動してから、十分も経っていないときだった。

「土手から煙が上がっているぞー」

と、近所の農家の主人が慌てふためいて大声で知らせに来た。

淳子先生は運動場の片隅に集められた小石の山の片づけに追われていた。びっくりして土手に直行すると、直径七十センチほどの土手のくぼみから白い煙が上がっていた。まずは消火と、周りの子らに手伝わせてバケツの水で火の気を断った。

なぜ、土手の草刈り中に、火が出たのか、淳子先生は途方に暮れた。その場にいた一人ひとりに事情を尋ねている最中、数人の男の子たちが輪になって意味ありげにふざけ合って笑っているのが少し気になった。その中には石拾いのとき、ぶつぶつ文句を並べていた子らも交じっていた。しかし、だれ一人出火の出所について口を割る者はいなかった。

当然、このボヤ騒ぎは学校や地域で話題になり、独りで学校を守っていた淳子先生は学校や消防署や市の関係者から事情聴取された。仕事の大変さや一人責任を取らされて戸惑う先生の気持ちに気づいて、淳子先生を慰め励ますような空気も生まれず、校長先生にお目玉を食らうだけに終わった。

自分の責任を真摯に受け止めながらも、気持ちを共感し合える仲間を見いだせず、独りで息苦しさを抱え込んでやり過ごした。そんな一件もあって、淳子先生の心の中は、いつも冷たい風の吹きだまりになっていた。

どんなに払いのけようとしても、どこからか、乾いた風が忍びこんできて、ザワザワと悲しい音をたてるのだった。そんなとき、トラックの引っ越し荷物からおっこちて、フラフラしていたチュー公らに会ったのだ。

「淳子先生はね。おいらがいたずらっ子に石を投げ付けられて、血を流しているところを助けてくれたんだ。今どき、ネズミをネコいらずで殺しても、介抱してくれる人間なんてそうざらには、いないもんね」

チュー公は淳子先生の薄い胸を差し、

「淳子先生は、こーんなに心が広くて、温かいんだ」

と、両手を広げ、大きくて丸い風船玉のような輪をつくってみせた。

「そんなこと、もう、いいのよ」

淳子先生は照れくささを隠せないのか、机の上のチュー公をいたずらっぽくにらみ付けた。

「だって、本当のこと、みんなに知ってもらうのに、絶好のチャンスなんだよ。こんなチャンス、二度とめぐってこないもんな。それにあのグローブ事件とも関係あるし……」

そこまで言って、チュー公は大変なことを思い出した。

淳子先生の登場で、すっかり陰をひそめてしまったグローブ盗難事件は、まだ、未解決のままなのだ。

「そうだった。そうだった。みなさん、すみません。グローブ盗難事件のこと、すっかり忘れていました。ここで話を戻しましょう」

チュー公は両手を耳の後ろにあてがい、深く頭を下げた。

「実は、珠洲村先生のご想像通りなんです」

チュー公の一声で、グローブ盗難事件のドラマが再開した。もちろん、ドラマは淳子先生の通訳で進められたのだが……。

「先生のスキをついて、竹刀仕立ての指示棒を持ち出したのは、優くんなんだ。優くんは先生の気をひくために、先生の指示棒を隠したんだ。グローブの方は、ほんのいたずらで引っかけただけらしいけどね」

優くんと言っても、その名前を覚えているのは、山猫小では淳子先生、珠洲村先生をのぞいて、ほんの二、三人しか残っていなかった。

「実は、その優くんが今、ここに来ているんだ」

心にくいばかりの手配上手なチュー公に、たくさんの目が吸い寄せられた。

「優くん、どうぞ」

と言う合図で、チュー公に引き付けられたみんなの目が、校長室のとびらに吸い寄せられた。

ギーという音がして、入ってきたのは、ネズミ色の作業服を着た青年だった。

小学校時代、優くんはやせぎすで顔は青白く、薄くて不ぞろいの眉毛に、不安そうな暗い目が印象的な目立たない子だった。

目の前に立っている青年は、不安の色がすっかり消えて、日焼けした顔に生き生きと輝く目がきわ立って、みんなの注目をひいた。

「先生方、今晩は。おそくまでご苦労さまです。きょうはチュー公から、校長先生と淳子先生にとって山猫小最後の日と聞いて、駆け付けました。それから、ぼくが引き起こした数々の事件について、お詫びするつもりで、こうしてやってきたのです」

あいさつもろくにできなかった優くんが胸をはり、堂々と話をつなげているのだ。

パチ、パチ、パチ！

チュー公たちは総立ちして、優くんに拍手を送った。見違えるように成長した優くんに先生たちの拍手も続いた。

「珠洲村先生はどこに？」

優くんは目を、前後左右に泳がせた。

先生たちのほとんどが、優くんの立っている校長室の入り口に、顔をねじ向けているので、一人だけ、体を前向きにし、うつむいている珠洲村先生を、すぐに発見できた。

「先生、悪く思わんで下さい。先生がぼくの顔を、いつも暗い目でにらむだけで、ちっとも声をかけてくれないものだから、つい、いじけてしまって……。指示棒のこと、ご存じだったんでしょう？　ぼくが持ち出したことに気づきながら、なぜ、ぼくを責めないのか、ぼくは先生に怒ってもらいたかったんです。ただ、それだけなんです」

優くんは星のように目をまたたかせ、本音でぶつかってほしかったと、訴えた。

グローブが見つかったとき、チュー公はまず、淳子先生に報告した。淳子先生の頭には、まず、吉ちゃんの喜ぶ顔が浮かんだ。その一方で、指示棒のことが気になった。珠洲村先生がよく使っていたものだったからだ。

珠洲村先生には、グローブと指示棒のつながりには触れず、指示棒だけ見せた。先生は、「見覚えがない」と言って、取り合ってくれなかった。淳子先生に弱みを見せたくなかったからかもしれない。

指示棒の出所を追っているとき、淳子先生は優くんと話すチャンスをつかんだ。おとりのつもりで、わざと指示棒を大げさに振って歩く淳子先生に、異常な感心を示したのが、優くんだったのだ。優くんは淳子先生にすべてを白状した。

グローブが見つかった以上、先生たちに黙っているわけにもいかず、淳子先生は職員会で事件の顚末を正直に報告した。でも、優くんの将来や珠洲村先生の立場を思って、指示棒のことには触れなかった。

優くんの真剣なまなざしに応えて、珠洲村先生は口を開いた。

「君の言い分は分かった。先生にもう少し力があったら、君を追い詰めることもなかっただろう。でも、先生は先生なりに、君のことを大切に考えていたつもりなんだ。指示棒のことはうかつだった。でも、まさか、君に持っていかれたとは、まったく気づかなかったよ。この場で初めて知ったんだ」

本音を語ることの少ない珠洲村先生が、白髪交じりの前髪をかきあげながら、とつとつと話すのを聞きながら、チュー公と淳子先生は顔を見合わせた。

優くんが指示棒を隠したのを、珠洲村先生は知っていながら知らんぷりしていると思ったのは、自分たちの勘違いだったのか？

「ええっ！　指示棒のこと、ご存じなかったんですか。ぼくはてっきり、先生がご存じとばかり思っていて……。そうでしたか、それは本当にぼくの方こそ、うかつでした。いずれにしても、ぼくが浅はかだったばっかりに、珠洲村先生を始め、淳子先生や多くの先生方にご迷惑をおかけしてしまって、本当に申し訳ない気持ちでいっぱいです」

「いやいや、もう、すんでしまったことなんだ。先生は君が元気で働いている姿を見せにきてくれただけで、とってもうれしいんだ」

頭を深々と下げる優くんをなだめる珠洲村先生の目には、うっすらと、涙がにじんでいた。

口数が少なくことばが足りないため、優くんに誤解され、頭を悩ますことの多かった珠洲村先生は、優くんの苦しい思いを受け止めてあげることさえできなかったが、根は心のやさしい先生だったのだ。

「まあ、まあ、グローブの件は、このくらいにしておきましょう。山猫小に関するお話はまだまだ、これからなんです」

グローブ盗難事件をしめくくった後、チュー公はいったん、閉じていた紙芝居に手をかけた。
夜も更け、春の肌寒さが増して、空腹がこたえているはずなのに、だれ一人、帰ろうとしない。チュー公の巻き起こした「山猫小のなぞとき」が、妙に心をそそるからだ。それに、いつなんどき、自分のことが話題の中心にすえられるか、分からない不安があった。だから抜け出せないでいた。

中断されていた紙芝居が、再び、始められた。グローブ盗難事件の後は、校舎の移転の場面だ。

古い校舎と新しい校舎が両端に描かれている中間あたりに、新校舎に荷物を運び入れる先生たちの姿が加えられていた。

図書館の重くてがっちりとした鉄製の書架を運んでいる先生たちに交じって、出っ腹出っ尻の生活指導の赤信号こと、大熊先生がいた。

そのそばで、同じ大きさの書架を、たった一人で持ちあげている後ろ姿の先生が描かれていた。

チュー公は、その後ろ姿の先生に釘づけのみんなに、待ってましたとばかりに、

「この先生はだれでしょう？」

と、質問を投げかけた。

チュー公の目は、まず、赤信号の大熊先生に飛んだ。

「先生はすぐそばで、いっしょに作業してたんですから、お分かりでしょ？」

と、少し皮肉っぽく尋ねてみました。

「ぼくは腰を痛めとったもんだから、みんなのお手伝いをするのが、精いっぱいだったんだ。そんな力持ちの先生がおったなんて知らなんだ」

と、大熊先生は空とぼけた。

正義感の強い淳子先生は、大熊先生の態度が引っ掛かった。口先だけで実行が伴わない上に、一生懸命に働いている力持ちの先生を、明らかに無視しているか

らだ。淳子先生はその力持ちの先生のことを知っていた。

日頃は目立たず、職員室の片隅で、夜遅くまで黙々と仕事をしているその先生が、重い鉄製の書架を豪快に肩にかついで運ぶのを見て、淳子先生は頭が下がる思いでいっぱいになった。

何よりもまず、いかにも重そうに、多人数で書架に取り付いている見掛け倒しの先生たちに比べ、軽々と一人で運ぶその先生の方がずっと誠実で頼もしく思われたのだ。

そのときのことを思い出した淳子先生が、白い目で大熊先生をにらみつけると、チュー公はまあまあとなだめるように、頭の上に立てた角代わりの二本の指を引っ込めて見せた。

次にチュー公が的をしぼったのは、校舎の管理担当である言い訳マンこと、猿川先生だった。チュー公は猿川先生の肩に飛び移った。

「ひゃー、やめてくれ！　わしゃ、ネズミが大の苦手なんだ」

猿川先生は肩に取り付いたチュー公を懸命に振り払おうとした。でも、チュー公はしっかりしがみついて、なかなか落ちそうにもない。

「校舎の移転作業の監督は、先生だったんでしょ。その先生が知らないはずないもんね」

チュー公のおどしに、猿川先生は、

「あのころ、わしゃ、出張で学校を留守にしとることが多かったもんでな」

と、決まり悪そうに声を震わせた。

「へぇー、責任者はお出かけで、残った役のない先生たちだけが力仕事を？　何だか変なお話ですね。出張って、また上の役に付くお話でも？」

痛いところをつかれて、猿川先生は言葉を失った。

「こうなると、知ってる先生はいるかなあ？　……あっ！　そうだ。いた、いた」

猿川先生の肩をけって、チュー公が飛び移ったのは、校長先生の頭のてっぺんだった。毛が一本もないので、すべり落ちそうになるのを、チュー公は必死でしがみついた。

「校長先生はご存じでしょ？　あのまじめで仕事熱心な先生を島流しにしたんですから」

「人聞きの悪いことを言っちゃいかん。わが子同様に、みんなの先生を大切にしとるわしが、なんで島流しなんかに……」

と、言いかけて、校長先生は口をつぐんだ。

島流しと言われてみれば、校長先生にも思い当たることがあった。無口で穏やかな先生と思っていたら、

「校長さん、自宅から近い学校に転勤させてくれんですか。仕事に不満はないで

すが、朝は五時に家を出、帰り着くのが、夜の十一時の毎日では、いくらなんでも、身がもたんですから」

と、本音で転勤を願い出た。

いつも無口で黙々と、働いている先生だっただけに、校長先生も驚きだった。いくら自由にものが言える時代だと言っても、過労が不満の転勤願いを出されたのではかなわない。労働基準法に引っかかるやも知れぬのだ。そこで、一旦、転勤願いを受け取り、手続きは取ったものの、助け船を出さなかったので、山猫小よりさらに遠い、離島送りになってしまったのだ。

「あのとき、わしも先生のご苦労に、無頓着じゃった。よー働いてくれた先生を島流しにする結果になってしもうて……大切な先生を失ってしもうた」

きょうで退職という校長先生のことばにはやはり、ゆとりが感じられた。

「それでこそ、校長先生。校長先生はやっぱり、立派なお方だ」

チュー公は赤信号の大熊先生や言い訳マンの猿川先生の耳に、しっかり届くようにと、通訳の淳子先生に、大きな五重丸を宙に描いて合図し、ボリュームをあげてもらった。

紙芝居はここで一段落。チュー公は最後のプレイに取りかかった。

チュー公がチチンプイプイと呪文を唱えると、一万円札くらいの大きさのカードが、パラパラと、天井から降ってきた。

カードを拾い集めると、チュー公は一人ひとりの先生に配って回った。そのカードには、数字が書かれている。数字は小さい数字から大きい数字まで様々だ。

「わしのは六十じゃ」

校長先生が言った。

「そりゃ、校長先生のお年じゃないですか」と、だれかが冷やかした。

「そう言えばそうじゃった。すっかり忘れとったわい」

校長先生のおとぼけに、みんなは爆笑した。

「でも、年の数でもなさそうですよ。わしなんか、百三十じゃよ」

言い訳マンの猿川先生の声だ。

「先生のは、一週間の言い訳の回数じゃないですか」

皮肉いっぱいの声があがると、またまた、大爆笑。猿川先生もいっしょに笑っている。

「ぼくは二百五十五。一体、こりゃあ、何の数字だろう？」

赤信号こと大熊先生は不気味そうに、そのカードをじーっと見つめた。

お世辞上手な木下先生は、三百九十だった。

「先生たちって、たったのそれだけなんですか？」

千以上の数字の若い男の先生が、校長先生たちに向かってすっとんきょうな声をあげた。

「みなさん、お静かにお静かに。実はおいらたち、ネズミ算の本家本元。そのせいか、数字には強くってね。なんでも、数字になおして考えちゃうくせがついているんだ」

チュー公に言われてみると、なるほど、そうなのだ。なんだか、ネズミが頭のいい生きものに見えてくる。

「先生たちにお配りしたカードの数字、本当のところ、何だと思いますか？」

チュー公は、一人ひとりの先生の顔とカードの数字を、穴が開くほどていねいに、見比べた。

校長先生の数字が一番小さくて、若い先生になるにしたがって大きくなるもの。もちろん、例外もある。白髪がちらほらの淳子先生の数字は、若い先生並みに千を超えている。

「人間の値打ち！」

だれかが皮肉をこめて言った。

「脳みそ！」

これも、皮肉たっぷりだ。

「お色気！」

先生の答えとしては、品に欠けるが、チュー公はなるほどと思った。

つぎつぎに、ユニークな答えが飛び出して、みんなを楽しませてくれたが、どれもこれも、ひやかし半分で、まじめな答えは、ひとつもなかった。一ケタまで細かく数字が表されていることに、だれも、気づいていないのだ。チュー公はヒントをあげた。

「おいらたち、いつも子どもたちのいる教室や廊下の近くにいて、いろんなこと、観察してるんだ。そうすると、だれも気が付かないおもしろいことが発見できるのさ」

と、前置きして、またまた、チチンプイプイと、呪文を唱えた。

するとどうだろう。机の中から古い大学ノートが出てきた。

「実は、このノートに、答えが記録されているのさ」

チュー公は誇らしげに、ノートを高くかかげてみせた。

十年も校舎に住みついていると、子どもたちの動きはもちろんのこと、一人ひとりの先生のことが、手に取るように分かるのだ。

何気なく、子どもや先生を観察しているときに発見したのだが、子どもたちのいる教室で、しょっちゅう見かける先生とほとんど見かけない先生、忙しそうに廊下を往復している先生と職員室の机に向かったまま一日のうち一、二時間しか動かない先生など、先生といっても、そのタイプは様々なのだ。

先生たちの答えの中には、勤務時間というのもあった。でも、それは当たっていない。

どの先生も、最低、八時間は、なんらかの仕事をしている。数字が一番小さい校長先生だって、ＰＴＡの役員さんとの会合、他校の先生との打ち合わせ会議などへの出席という具合に、結構、忙しいのだ。

「実は、この数字は、先生たちが子どもたちと会話を交わした回数なんだ。この一年間、みんなで手分けして、毎日、記録を取ってみたんだ」

と説明して、チュー公は記録した大学ノートを広げてみせた。

そこには、先生たちの名前と、回数を示す「正」の記号がじぐざぐに、ぎっしりと埋められていた。

校長先生の場合、子どもと直接会話した回数はゼロに等しいが、一週のうち月曜日に実施される朝礼で、全校の子どもたちに一方通行で語りかけた回数が記録されている。

ほかの先生たちの場合は、授業や学級活動の中で、子どもたちと直接会話した回数が、合計されていた。

チュー公たちによって、こと細かに観察され、記録された会話回数の表を見て、みんなあっけにとられて、開いた口がふさがらなかった。

校舎の床下に住み着き、残飯をあさっているネズミたちが、みんなの行動をつぶさに観察していたなんて、先生たちにはまるで信じられない話だった。

でも、ネズミだって、人間と同じように感じる心をもっている。命に関わるような危機に直面すると、必死で逃げようとする。ネズミ捕りにかかったときは、悲しそうな声で泣く。チュー公たちは、ネズミの仲間の中でも、特に優れた性質を受け継いでいたのだろう。チュー公は、先生たちの仕事って何なんだろうといつも不思議に思っていた。

同じ先生でも、その行動は様々だ。つねに子どもたちの傍にいて、あるときは、子どもの悩みを聞き、またあるときは、子どもたちにブーブー言われながらも、せっせと子どもたちの世話をし、スキンシップをはかっている先生がいるかと思えば、ほとんど子どもたちと触れ合うことなく、一日の仕事を終える先生もいる。

あれは確か、師走のころで、底冷えのする寒い夜のことだった。淳子先生のクラスの子が二人で万引きをして、店の人に保護されたのだ。

店から電話があったとき、淳子先生はあんなにいい子たちがと、まったく、信じられなかった。何かわけがあって、他人とまちがえられたのではないかと、半信半疑で、店に車を飛ばした。

先生は店の奥にあるだだっ広い倉庫に案内された。そこで、こわい警備のおじさんの前で、首をうなだれ、小さくなってすわっている二人を発見した。

淳子先生にとって信じられないことが、急に現実のものになったのだ。なめくじのようにしぼんでいる二人が、淳子先生にはいとしくてたまらなかった。

二人の子の親たちもすぐに、飛んできた。信じられないわが子の姿に、お母さんたちは、涙ぐんだ。淳子先生も思わず、涙を誘われそうになった。

店で散々絞られた後、二人の子とその親たち、そして先生の七人は、これからのことについて話し合うため、学校に戻ったが、先生たちはみんな帰った後で、校舎は水を打ったようにガランと静まりかえっていた。

校長先生や生活指導の大熊先生に報告しようにも、みんな夜の会合に出かけているので、それもできず、困り果てた。

「校長先生に一言お詫びして帰りたい」

と、親たちが頭を深々と下げて何度も頼むので、会合が行われている料亭に電話をかけた。ところが何ということか、生活指導の大熊先生から、

「今夜のところは引き取ってもらい、後日、学校に来てもらうように頼んでや」

と、酔いが回っているのか、いい加減な返事が返ってきた。

一部始終を、こっそり、淳子先生の車に乗りこんで、観察していたチュー公は、

せめて、先生たちのうち一人くらい、二人を引き取りに行った淳子先生を待っていてあげてもよいのではないか。親たちの気持ちだって、もっと考えてあげるべきだと思った。

チュー公は、子どもたちと直接会話した回数の数字を見ながら、その日のことを思い出していた。

年に数回しか、子どもたちと会話を交わさない先生と、何かにつけ、子どもたちに寄り添って仕事をしている先生とでは、どちらが本当の先生なんだろう。

この疑問に答えてもらおうと、チュー公は教室ではほとんど見かけない先生たちに、尋ねてみることにした。まずは、言い訳マンの猿川先生だ。

「そんな単純な計算で、教師の値打ちがはかられたんじゃ、かなわんよ」

猿川先生は明らかに、いやな顔をした。

「そうだ。ぼくらには子どもたちと接する以外に重要な仕事があるんだ」

と、相づちを打ったのは生活指導の赤信号こと、大熊先生だ。

大熊先生はいつも職員室で、ひまそうに給食の残りを食べていた。出っ腹出っ尻はそのためにちがいないと、チュー公は思った。チュー公も給食の残飯をめちゃ食いして太り過ぎたため、壁の穴から出られなくなったことがあるのだ。

「ちょっと、ちょっと待ってください」

淳子先生の登場だ。先生の顔は真っ赤にふくらんでいる。先生が顔を赤くするのは何かに熱中したり、興奮したりしているときなのだ。

「子どもたちと触れ合う以外の重要な仕事って、何ですか?」

「そりゃ、まあ、子どもたちが何か問題を起こしたときに、駆けずり回ったり……」

生活指導の大熊先生はしどろもどろで、ことばが後に続かない。

「問題が起こったとき、子どもたちに直接事情を聞き、自分の足で調べようともせず、すぐ、担任に責任を押しつけようとするのは、一体だれなんでしょう？」

淳子先生はグローブ盗難事件や万引き事件以外にも、担任の力だけでは手が回らず、生活指導の大熊先生に相談をもちかけたことが、今までにも何回もあった。

そのたびに、いっしょに調べてくれるどころか、困っている淳子先生に責任を押しつけその挙げ句、調べた結果の報告がないと、言いがかりをつけてくる。

「ついでですが、子どもたちのことはそっちのけで、コンピュータの前から離れない先生の姿をよく見かけるけど、それってありなんですか」

淳子先生は子どもたちと接した回数がうんと少ない木下先生の顔色に注目しながら、きっぱりと言ってのけた。

淳子先生より若いのに、視聴覚主任という役につき、担任を離れた木下先生は、子どもたちのことや担任の悩みなどそっちのけで、コンピュータだけを相手に、職員室で給食と給料を待つ生活に、どっぷりとつかっていた。

淳子先生の登場で、校長室には険悪な空気が流れ始めた。淳子先生のパワーに押され、たじたじの大熊先生や木下先生を、周りの先生たちはその通りだといわんばかりに白い目で注目した。今にも先生たちの不満が爆発しそうだった。

チュー公はこれ以上、険悪なムードが広がらないうちに、なんとかしなくちゃと、気をもんだ。

子どもたちとの触れ合いの回数を話題にしたのは、この十年間、人に知られることなく、縁の下の力持ちとして、山猫小を支えてきた淳子先生の労をねぎらう会になればと、心ひそかに願いを託したつもりだったのだが……。

その淳子先生の気分をこわしてしまったのだから、チュー公は責任を感じないわけにはいかなかった。淳子先生は怒るとこわい。頭の上に束ねた長い髪がピーンと逆立ち、口元が狐の口のようにとがるのだ。

手もみ足もみのチュー公に、校長先生が助け舟を出した。

「わしも実は、もっと子どもたちと接して、いっしょに駆けずりまわって遊んだり、ともに悩んだりして、先生らしく教師生活を送りたかったと後悔しとるんじゃ。考えてみれば、担任として子どもたちといっしょに生活したのは、若いときぐらいなもんじゃった」

校長先生は、若い青年教師時代のことを思い出したのか、目を細め、しんみりと語った。

「そういえば、若いころ、校長さんといっしょに子どもたちと追いかけっこをしたこともありましたなあ」

校長先生と同期の大山先生がつないだ。

「そうじゃった、そうじゃった。あのころは新米同士の先生とは、夜おそくまで居残りして、残業したもんじゃったなあ。先生にはいろいろ助けてもらうことばかりじゃったが」

「いやー、私の方こそ、校長さんには助けてもらうことばかりで」

きつねとたぬきのばかしあいは、しばらく続いていたが、眠気をもよおしただれかがあくびする気配に気づいて、校長先生は話をもとに戻した。

「先生たちのご苦労は、身に染みて感じているのに、なんのねぎらいもできず、本当に申し訳なく、思っとるところじゃ。ヨーロッパの多くの国では、校長といえども、担任をもち、授業をやり、いつも子どもたちといっしょじゃ。うちの学校も、児童数千二百人に先生が四十人もおるんじゃから、四十人学級と言わず、三十人学級ぐらい、今すぐつくろうと思えば、実現は簡単じゃ」

「さすが！　校長先生」

と、若い男の先生が、ひょうきんな声をあげると、

「そこまで分かっていながら、今まで知らん顔していて、校長先生、ずるいじゃないですか」

「その通り。退職する前に実行してほしかったですなあ」

「同感！」

「本当にそう思っていらっしゃるなら、次に赴任する校長先生に申し送ってください
さいな」

と、せきを切ったように、つぎつぎに、先生たちの本音が飛び出した。

チュー公と先生たちの、冗談とも本音ともつかないやりとりがおもしろくて、
座をはずしかねていた優くんまでが、

「ぼくも学校時代、一度、校長先生とお話ししてみたいと思っていたけど、残念ながら、一度もありませんでした。校長先生はぼくたちにとって、雲の上のお人で、ぼくたちといっしょに給食を食べたり、遊んだりする校長先生の姿など、想像さえできませんでした」

と、本音を語って、先生たちの仲間に加わった。

「分かった、分かった。君たちの言い分はよく分かったよ。わしもきょうで終わりじゃが、これから先、何かあったら、いつでも相談に来てくれたまえ。今まで何もできなかったお詫びに、できる限りのことはさせてもらうよ。正直な話、君たちのために、何かの役に立ちたいんだ」

しみじみと語る校長先生のことばには、三十八年の歴史を思わせる重々しさがあった。

「そこまで思ってくれる校長先生は、めったにいないよ。ここらで胴上げときたら、どうですか」

校長先生のことばに胸をうたれた若い先生が、胴上げを提案すると、

「そうだな。うちの校長さんは、先生たちの目に見えない努力には無頓着だが、教育の理想はしっかりもっておられる方じゃ。わたしが校長さんにお仕えできたのは、そのためなんだ」

と、大山先生までが胴上げに賛成したものだから、たちまちのうちに、校長先生の周りには、大きな人の輪ができた。

「ちょ、ちょっと待ってくれ。胴上げされるのは、このわしじゃなく、このネズミ君たちなんだ。ネズミ君たちのお陰で、山猫小の十年の歩みを振り返ることができたんだ。ネズミ君たちは山猫小の生き証人なんだ」

校長先生はそこで一旦、息をついでから、話を続けた。

「ネズミ君たち、これからもこの山猫小を、末長く見守ってくれたまえ。それから、淳子先生、この十年間、本当にご苦労だったね。改めて、礼を言うよ」

大きな仕事をなし遂げたゆとりからくるのだろうか。淳子先生へのねぎらいを忘れない校長先生の堂々とした演説に、先生たちはもちろん、チュー公たちまでが、すっかりまいってしまった。

校長先生に認められ、晴れ舞台に立たされたチュー公たちが、手を取り合って喜ぶ姿を前にして、淳子先生は感激のあまり目を糸のように細くして微笑んだ。

春の宵は、深まるのが早い。明かりのともった白い校舎から、校長先生といっしょに胴上げされたり、先生たちの胸や肩や手のひらに乗せられたりして、無邪気に戯れるチュー公をはじめ、校長室の天井や壁や床に張りついていたネズミたちの大歓声が、夜遅くまで聞こえていた。

あとがき

世の中では、毎日、様々な社会的な事件が起きている。虐待、いじめによる自殺、ストーカー被害などなど。犯罪に結びつく事件は司直の手で裁かれ、他の事件も児童相談所や人権擁護に関わる機関などで精査の上、解決の道が開かれる。

身近な生活の中でも、後から振り返ったときに、あの出来事って、結局どうなったんだろうと、知らないうちに月日が経ち、うやむやになってしまったような事がたくさんある。

子どもたちが学び合う世界では、小学校、中学校、高等学校の校舎が、そんな未解決の出来事の舞台になる。学校はある意味、治外法権下にある。だから外から見て好ましいか否かは別として、あらゆるニュースをひっくるめて、なかなか、実際のようすが見えてこないのが現実である。

そこで、登場するのが校舎の床下に住み着いているネズミたちだ。この作品の中では、山猫小に十年間住み続けたチュー公らネズミたちが、校舎内で起こった様々な出来事をつぶさに観察し、紙芝居にしたり、十年間、ネズミたちと交流し、なぜか、ネズミたちと会話ができる十年選手の女先生と手を取り合いながら、あの出来事は何だったんだろう、結果はどうなったんだろうなどの疑問を、同じ校舎で働く個性豊かな先生たちと、ユーモアたっぷりの会話を交えながら、またある時はブラックユーモアを飛ばして、説き明かしていくという展開のフィクションである。

題名については、最初、「チュー公のいたずら」という題で書き始めたが、途中で「チュー公のお手柄」に変更、さらに、読み返すうち『山猫小の生き証人』に落ち着いた。題名へのこだわりが生じたのは、書き始めた時期から、二十年の空白があって、完成に辿りついたためだ。その空白の間に、著者の身辺の事情もすっかり変わり、未完成の自著への思いが変質した結果である。

表現の未熟さが各所に見え隠れするが、著者の動物や人間に対する愛は、判官びいきのきらいがあるものの、いささかも変わらない。愉快に楽しく、どんなブラックユーモアもさらっと流して受け留め合える寛容な関係性を、作品中の登場人物やネズミ、そして著者、さらには読者までが一体となって築き上げることができたらという淡い願望から、出版するに至った。できる限り多くの読者の目に触れることを期待している。

最後に読者の皆様方の忌憚のないご意見ご批判を賜りながら、初心に返って、今後の創作活動に活かしていきたい。

平成30年12月19日

堀島　隆《たか》

堀島　隆（ほりしま　たか）

昭和22年１月６日、大分県杵築市に生まれる。

広島大学文学部史学科卒業後、愛知県の教育界へ。

職場の広報誌編集を30年ほど担当する。その過程で創作を始める。

1985年ごろ、大阪文学学校に半年通う。

2012年ごろ、NHK学園生涯学習通信講座「文章教室」を３回受講する。

2014年、『かげぼうし黒太、夏を行く』（文芸社）を出版する。

【応募歴】◆教育雑誌『子とともに』（公益財団法人愛知県教育振興会）児童文学賞に挑戦し、５回佳作入選する。
◆集英社『コバルト』新人賞で、優れた作品の紹介で、題名とペンネーム掲載される。
◆「北日本文学賞」で、一次予選を２回ほど通過する。
◆その他、かすがい市民文化財団、文芸社、鎌倉新書、『婦人公論』などで掌編やエッセイが掲載される。
執筆活動の傍ら、教育カウンセラー、日本語教師の資格を活かして学校教育支援センターの相談員や親と子の相談員を務め、地元のテレビにも出演する。

現在は、電話相談や日本語会話のボランティア活動に従事している。

趣味は世界旅行。

山猫小の生き証人

2019年 1 月17日　初版第 1 刷発行

著　者　堀島　　隆

発行者　中 田 典 昭
発行所　東京図書出版
発売元　株式会社 リフレ出版
〒113-0021　東京都文京区本駒込 3-10-4
電話 (03)3823-9171　FAX 0120-41-8080
印　刷　株式会社 ブレイン

ISBN978-4-86641-205-4 C0093
Printed in Japan 2019

ご意見、ご感想をお寄せ下さい。

［宛先］〒113-0021　東京都文京区本駒込 3-10-4
東京図書出版